閱讀123

國家圖書館出版品預行編目資料

小東西 2／哲也 文；達姆等 圖；-- 第二版 , --
臺北市：親子天下 , 2019.05
120 面；14.8x21 公分 . –（閱讀 123）
ISBN 978-957-503-375-0
859.6　　108003035

閱讀 123 系列 —— 051

小東西 2

作者｜哲也
繪者｜達姆、何雲姿、克萊兒、蔡嘉驊、李小逸

責任編輯｜黃雅妮
封面設計｜蕭雅慧

天下雜誌群創辦人｜殷允芃
董事長兼執行長｜何琦瑜
媒體暨產品事業群
總經理｜游玉雪　副總經理｜林彥傑
總編輯｜林欣靜
行銷總監｜林育菁　副總監｜蔡忠琦
版權主任｜何晨瑋、黃微真

出版者｜親子天下股份有限公司
地址｜台北市 104 建國北路一段 96 號 4 樓
電話｜（02）2509-2800　傳真｜（02）2509-2462
網址｜www.parenting.com.tw
讀者服務專線｜（02）2662-0332　週一～週五：09:00~17:30
讀者服務傳真｜（02）2662-6048　客服信箱｜parenting@cw.com.tw
法律顧問｜台英國際商務法律事務所．羅明通律師
製版印刷｜中原造像股份有限公司
總經銷｜大和圖書有限公司　電話：（02）8990-2588

出版日期｜2014 年 4 月第一版第一次印行
2024 年 4 月第二版第六次印行
定價｜260 元
書號｜BKKCD120P
ISBN｜978-957-503-375-0（平裝）

訂購服務
親子天下 Shopping｜shopping.parenting.com.tw
海外．大量訂購｜parenting@cw.com.tw
書香花園｜台北市建國北路二段 6 巷 11 號　電話（02）2506-1635
劃撥帳號｜50331356 親子天下股份有限公司

小東西2

文 哲也

圖 達姆、何雲姿、蔡嘉驊、克萊兒、李小逸

目次

小石頭

圖 達姆

啊，雲好白，
慢慢、慢慢的飄過來。
風涼涼的。
天很藍。
身邊的小草搔得臉癢癢的。
呵……小石頭打了一個大呵欠。

它在這裡躺了一千萬年了。

每天都是這樣。

除了火山爆發和冰河時期以外。

雲很白。

天很藍。

陽光很舒服。

突然，一片陰影出現在它的頭頂。

一個長長的脖子探頭到小石頭身邊，張嘴吃草。是長頸龍。

長頸龍的舌頭一捲，小石頭被吞下了肚子。

咕嚕咕嚕，它滾進一片溫暖的、黑暗的、軟軟的地方。

接著，搖搖晃晃、搖搖晃晃。

過了很久……

噗嚕噗嚕，小石頭又重見光明。

啊，終於看到新風景了！

黃昏的陽光下，小石頭躺在山坡上，看著山坡下的小村莊。那是一座樹林邊的美麗村子，一位獵人剛騎著長頸龍回到家，走進村子口，一個小女孩跑出來迎接他。

小石頭眼睛一亮。

它看見另一顆小石頭。

好漂亮的小石頭！世界上的石頭很多，但它從來沒看過這麼漂亮的石頭。

它就掛在小女孩的脖子上，串在一條漂亮的細繩子上。

小女孩朝著山坡跑過來，她要把長頸龍的「便便」撿回家當柴燒。

細繩子上的石頭搖晃著，愈來愈近、愈來愈近。

當小女孩蹲下來，放下竹籃，準備撿起長頸龍的便便時，掛在她脖子上的美麗石頭，和山坡上的小石頭面對面，幾乎快要碰在一起了。

「你好。」小石頭聲音有點沙啞，幾千萬年以來，這是它第一次開口說話。

「嘻。」細繩子上的美麗石頭笑著點頭。

「你好漂亮。」小石頭說。

「喔？」

「我從來沒看過像你這麼漂亮的石頭。」

「傻瓜。」美麗的石頭在小石頭的額頭上敲了一下。

「我不是石頭，我是玉。」

小石頭愣住了。

小女孩轉身，朝村子跑回去。

「玉？」小石頭看著她的背影漸漸消失，美麗的石頭再也沒有出現過。

「有一天，我也要變得像它一樣。」

接下來的幾年、幾十年、幾百年、幾千年、幾萬年……小石頭想盡辦法，要讓自己變成「玉」。

它躺在沙灘上，讓海水沖刷；它跳進最深的峽谷，和無數石頭摩擦；它讓自己掉進水裡、沉到海底、鑽進地底……有時忍耐著熱得要命的岩漿，有時忍耐著冷得要死的冰川，有時讓

自己在深深的地底下被緊緊壓住，幾千年都呼吸不過來……

然後，有一天，轟的一聲，一陣火山爆發，小石頭又回到地面上。

它醒了過來，發現自己躺在一座小湖邊，
它往湖面一看，看見了自己的倒影。
完全沒變嘛！
唉。小石頭放棄了希望，
靜靜躺在湖岸上。
雲好白，
慢慢、慢慢的
飄過來。

時間一年又一年過去……

湖乾了。

樹林消失了。

城市興建起來了。

有一天，一位西裝筆挺的先生蹲下來，

撿起了小石頭。

「我的天啊！」他說。

他把小石頭放進口袋裡，開車進城，

走進一家亮晶晶的商店。

商店裡的人把小石頭放在手掌心，

拿起放大鏡。

「我的天啊！」他說。

他用顫抖的手把小石頭放進亮晶晶的玻璃櫥櫃裡。櫥櫃裡有一張熟悉的美麗臉孔。

「玉？是你？好久不見！」小石頭好驚奇。

「嘻。」

「你還是好漂亮。」

「喔？」

「這幾萬年來，我上山下海，努力想要變得跟你一樣，但還是沒有成功。」

「你永遠也不會變的，傻瓜。」那顆美麗的玉石笑著說：

「因為你是全世界最堅固的東西，你是一顆鑽石啊。」

小地雷

圖 何雲姿

小地雷靜靜的躺在森林裡，身上蓋著幾片落葉。

早晨的陽光斜斜照進森林，把它叫醒，它打了一個

呵欠，張開眼睛。

透過樹梢，可以看到一小片天空，好藍，好耀眼。

一天又開始了。

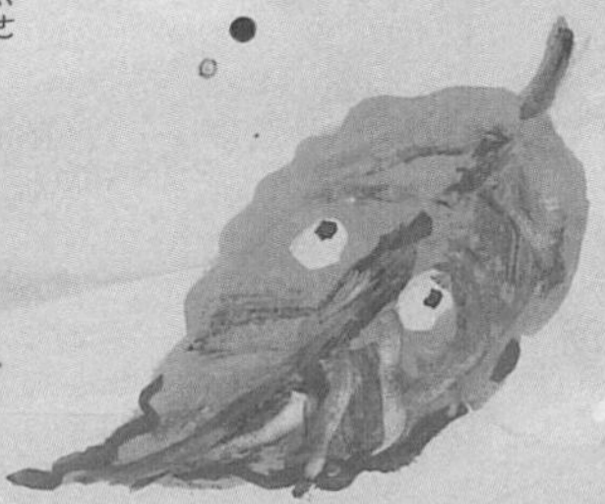

小地雷閉上眼睛，開始在心裡禱告。

「希望今天一整天，都沒有人走進森林，如果有人走進森林，但願他不要踩到我。老天爺啊，請你保佑我永遠孤獨，永遠寂寞，永遠沒有人接近我……」

小地雷花了半個小時，才祈禱完。

它其實可以只簡單的祈禱一句：「希望沒有人踩到我！」就好了，但是

反正它也沒有別的事好做，祈禱久一點，就可以多打發一點時間，讓寂寞時光少一點。

一整個早上，樹葉都唱著沙啞的歌，溫暖的風吹得人好愛睏。

太好了，又是個安靜無人的一天。

小地雷睡眼惺忪的想著。

這時候，腳步聲響了起來。

有人踩著落葉走進森林。

是一個老爺爺。

「走開啊！」小地雷在心裡喊。

老爺爺直直朝地雷走過來，愈來愈近。

就在老爺爺抬起腳，眼看就要踩到地雷上的時候……

「危險！」小地雷心中大喊。

老人後退一步，東張西望，然後蹲下來，撥開落葉。

「嗨，危險的小東西，戰爭結束這麼久了，你怎麼還在這裡？」老爺爺低頭對著小地雷說。「幸好你警告我，救了我一命。」

「你聽得到我心裡的話？」

「嗯，我也覺得奇怪，我是個魔法師，聽得懂大熊、麋鹿和兔子的語言，但沒想到連地雷心裡的聲音都聽得到。」

「魔法師？」

「是啊，為了報答你，我可以用魔法幫你實現一個願望。」

「你可以把我變成一個不會爆炸的地雷嗎？」

「不行。」魔法師搖搖頭。「但我可以把你變成一個小男孩。」

「變成人類？太好了！」小地雷高興得幾乎要跳起來。

「但是，要小心，就算變成人類，炸藥還是在你心中，一旦引爆了，你又會變回地雷的。」魔法師說：「記住，不管是

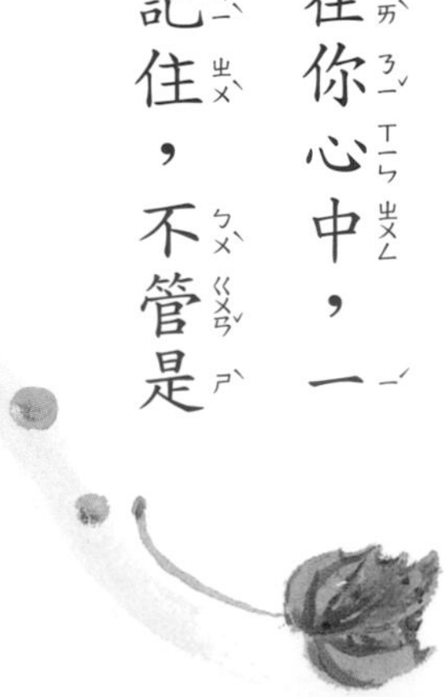

人類還是地雷，你都可以選擇不要爆炸。」

魔法師輕輕唸起了咒語。

地上的落葉飛舞了起來，小地雷變成一個小男孩。

魔法師牽著小男孩，慢慢走回草原上的小屋。

剛開始，
小男孩好快樂！
原來當人類是
這麼開心的事！
可以玩耍，

可以唱歌，
可以吃好吃的東西，

還可以翻跟斗。

但是他慢慢就覺得無趣了。

每天都吃差不多的東西，還要砍柴、種菜、修房子，工作好無聊，魔法師爺爺雖然很慈祥，但是嘮叨得要命。

「喂，吃東西不要那麼大聲。」

「喂，不要老發呆，去做點事。」

這不行，那不行，還喜歡拍他的頭。

有一天，老爺爺又在他頭上拍了一下，說：「喂，怎麼又在打盹？」

他終於受不了了。

一股怒火從心裡冒出來。

「不要再囉唆了！」

他大叫：「也不要再拍我的頭了！」

轟！

小地雷醒了過來。

它身上蓋著落葉，樹梢的陽光很刺眼。

原來是一場夢啊。

唉。小地雷輕輕的在心裡嘆了一口氣。

這時候，腳步聲響了起來。

有人踩著落葉走進森林。

是一個老爺爺。

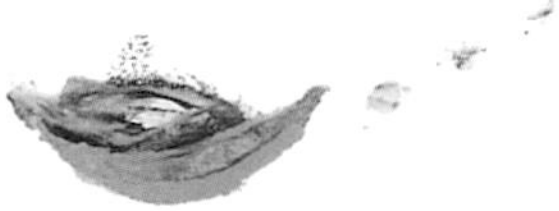

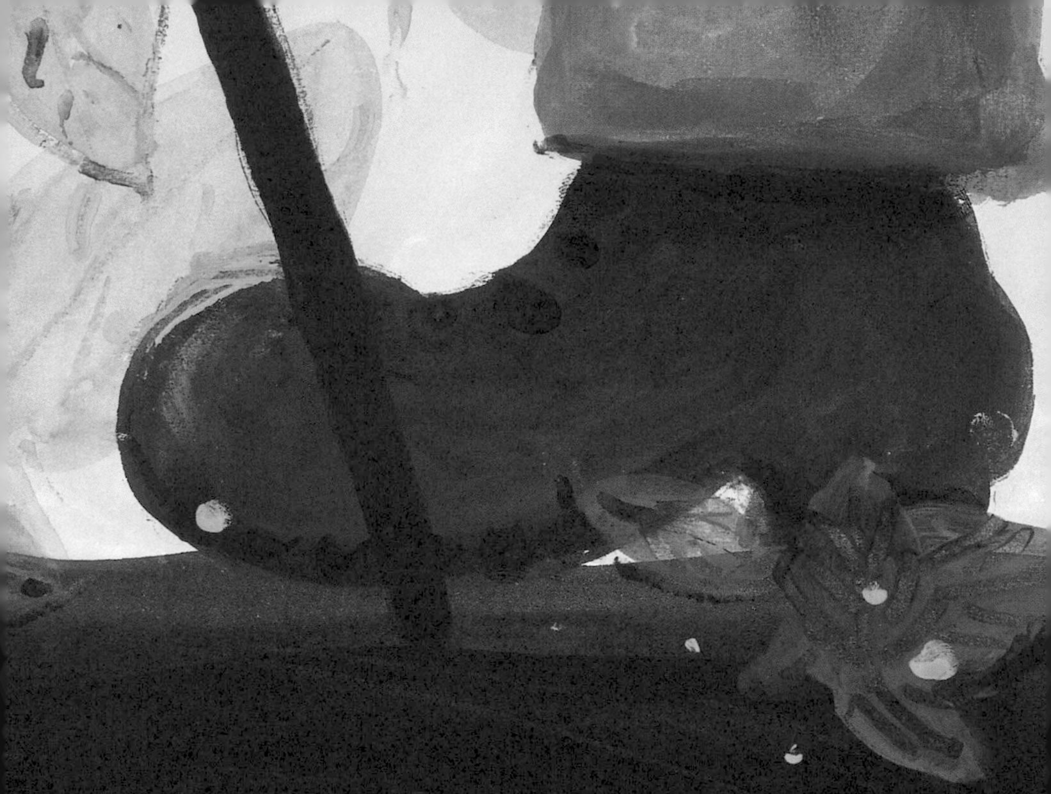

「走開啊！」小地雷在心裡喊。

老爺爺直直朝地雷走過來，愈來愈近。

就在老爺爺抬起腳，眼看就要踩到地雷上……

「危險！」小地雷大喊，
但是老爺爺好像聽不到。
完了。
老爺爺一腳踩在地雷上。
咔。
小地雷努力忍耐……忍
耐……

他忍住了。

沒有爆炸，什麼事也沒有。

老爺爺蹲下來，撥開落葉，慈祥的看著小地雷。

「你成功了。」老爺爺一邊笑著，一邊唸著咒語。

落葉飛舞起來。

魔法師牽著男孩，走出森林，走進陽光裡。

小盆栽

圖 克萊兒

妹妹有一個小盆栽，
但是最近都長不好。

自從爸爸和
媽媽吵架以後，小盆栽的葉子
都垂下來了。

昨天爸爸把門一甩，
氣沖沖出門後，小盆栽的葉子就垂得
更低了。

今天是雨天。
爸爸還沒回來。
雨淅瀝淅瀝的下。
玻璃窗霧霧的。
妹妹用小鼻子頂在玻璃上，
畫出一個小圓圈。
從小圓圈看出去，陽臺的小
盆栽上面，有一隻小蝸牛。

小蝸牛沿著葉子的邊緣爬，留下一道溼溼的印子。

「媽！有蝸牛！」妹妹回頭大喊。

媽媽托著下巴坐在餐桌旁發呆。

「媽！你買給我的花長蝸牛了！」妹妹說。

媽媽抬起頭，淚珠滑下臉龐，留下一道溼溼的印子。

「快把蝸牛抓去丟掉。」媽媽說：「就是因為蝸牛吃葉子，所以盆栽都長不好。」

「原來是因為蝸牛啊。」妹妹打開窗戶，但伸出的手卻停在半空中。

蝸牛揹著小小的、半透明的殼，轉過頭來看妹妹，樣子好可愛，小小的觸角動了動，好像在對他招手。

「媽，不要趕牠啦，讓牠住在盆栽裡好了。」妹妹說。

「隨便你，連你也不聽我的話。」

媽媽把頭埋進臂彎裡，她哭得好累，睡著了。

唉。妹妹心裡也酸酸的。現在整個家只剩下這隻小蝸牛陪她了。

她靜靜看著小蝸牛，小蝸牛往下爬、往下爬，爬下葉子，爬下花盆。

接著牠用兩根小觸角，往花盆上敲一敲。

「小花盆，請開門。」小蝸牛說。

妹妹張大了眼睛，看著小花盆上，打開一扇小門。

一隻土撥鼠從門內探出頭來。

「土撥鼠！」妹妹叫了出來。睡得很熟的媽媽，眼皮動了一下。爸爸姓涂，名字叫柏恕。

土撥鼠向妹妹揮揮手。「請進！」

「怎麼可能。」妹妹搖搖頭。

「我進不去。」

「把鼻子伸過來。」土撥鼠說。

妹妹把鼻子伸到土撥鼠面前，土撥鼠用鼻子頂一頂她的鼻子。咻。妹妹縮小了。她發現自己站在小盆栽的門口，於是小心翼翼的走進門裡。

門裡是一間可愛的小客廳，土撥鼠用小壺子燒水，泡了一杯香噴噴的熱巧克力，端給妹妹喝。

12
9
3
6
R

好久沒有人泡熱巧克力給她喝了。妹妹眼淚滴了下來。

「沒想到我泡的巧克力，好喝到讓人哭出來。」土撥鼠驚訝的說。

「不是啦。」妹妹把爸媽吵架以後，都沒人理她的事說出來。「不知道爸爸什麼時候才會回來。」

「去問草原中間的老婆婆吧，她知道很多事情喔。」

土撥鼠打開另一扇門，門外是一片大草原，一隻大蝸牛停在門口。

361

「是你？」妹妹爬上蝸牛透明的殼，大蝸牛載著她，緩緩的在草原上爬。

草原中央有一棟小木屋。

妹妹跳下蝸牛，推開木屋的門，門裡有個老婆婆坐在搖椅上織毛線。

「奶奶！」妹妹飛奔進她懷裡。她長得好像過世的奶奶。

老婆婆慈祥的點點頭。「你不用說，我都知道。不用擔心。」

老婆婆推開窗，窗臺上有個小盆栽，盆栽上有棟小公寓。

「是我們家！」妹妹喊。

「你看。」盆栽上有個小人兒拎著公事包，走向小房子。

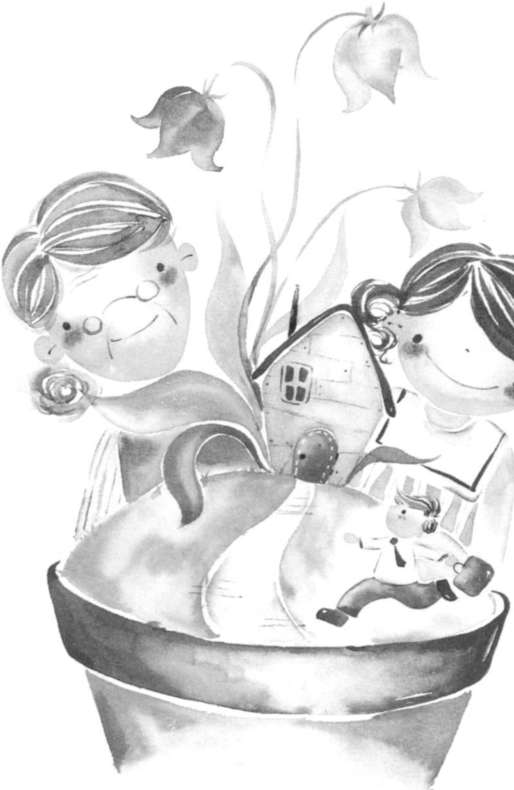

「爸爸回來了？」妹妹抬頭。

老婆婆點點頭，把妹妹抱上蝸牛，蝸牛努力加快速度爬回土撥鼠的客廳，妹妹跳下來，衝出盆栽的大門……

門外傳來鑰匙聲。

媽媽抬起頭來。

爸爸打開門，很快的，爸爸、媽媽和妹妹就抱在一起。

「爸爸，你不愛我們了嗎？」妹妹抬起頭。

「怎麼可能。」爸爸用鼻子頂了頂妹妹的鼻子。

妹妹回頭，對陽臺上的盆栽比了個OK的手勢。
土撥鼠點點頭，關上盆栽的大門。

雨停了。

太陽出來了。

蝸牛留下的
溼印子，乾了。

小鑰匙

圖 蔡嘉驊

達達王子和卡卡王子，小時候是好朋友，長大以後，就變成兩個國家的國王。

有一天，東方國的達達王氣急敗壞的衝進宮廷魔法師的實驗室。

「你看！西方的卡卡王寄來的求救信！」

信上寫著：

「我被關起來了，快來救我！」

魔法師透過水晶球看了看，說：

「卡卡王被鎖在一座高塔裡，不只是這樣，他的王國裡的每樣東西，都被鎖起來了。如果你真的要救他的話……」

「就帶一支軍隊去？」

「不，你只要帶著這個去就行了。」

魔法師從抽屜裡取出一大串鑰匙。

「這是一串魔法鑰匙，可以打開任何鎖起來的東西。」

哇！好大一串鑰匙！每支鑰匙都金光閃閃，非常美麗，只有最小的那把小鑰匙，看起來普普通通，還有點生鏽。

「這把小鑰匙是……？」達達眼睛裡出現了問號。

「那才是最重要的一把鑰匙呢。」魔法師摸著長鬍子說。

於是達達出發了，他跳上皇家機器人的駕駛座，拿出那串魔法鑰匙。

「真的什麼都能打開嗎？我倒要試試看！」

他把第一把鑰匙插進鑰匙孔裡一扭，引擎發動了。

他駕駛著機器人走過草原，來到海邊。用第二把鑰匙啟動一艘大船，航行到海中央，發現一座無人島。用第三把鑰匙打開島上山洞的密門，用第四把鑰匙打開了山洞裡的寶藏箱。

哇！好多金銀財寶！

達達把寶藏搬上船，繼續向前航行，終於在西方王國靠了岸。

上了岸一看，果然，所有東西都被鎖起來了。橋被鎖起來，路被鎖起來，公車被鎖起來，紅綠燈被鎖起來，連垃圾桶也被鎖起來了。公園被鎖起來，盪鞦韆被鎖起來，噴水池被鎖起來，每隻小狗小貓也都被鐵鍊拴起來了。火災的時候沒辦法滅火，因為消防車被鎖起來了。

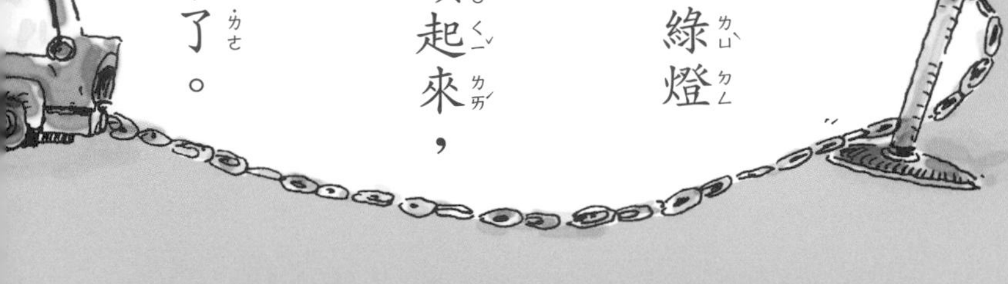

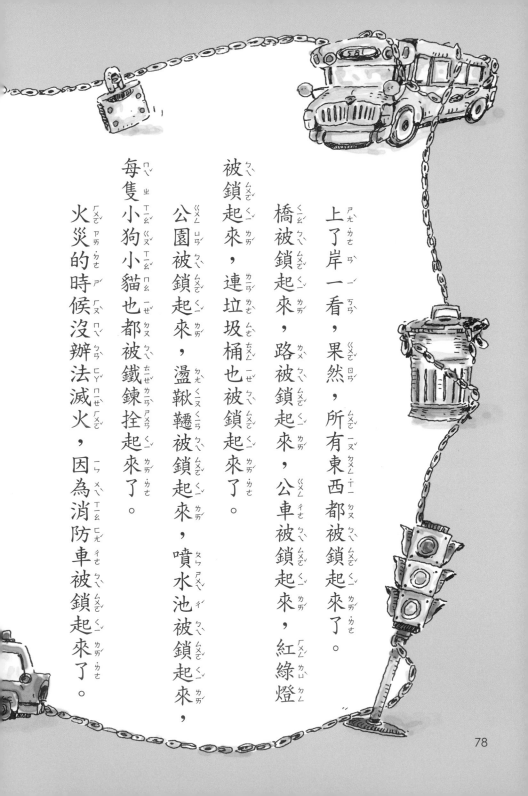

圖書館沒辦法借書，因為每本書都被鎖起來了。

人們都苦著一張臉，但是沒人敢抱怨，因為害怕自己會被抓去鎖起來。

達達王拿出魔法鑰匙，沿路把鎖起來的東西一一解開。

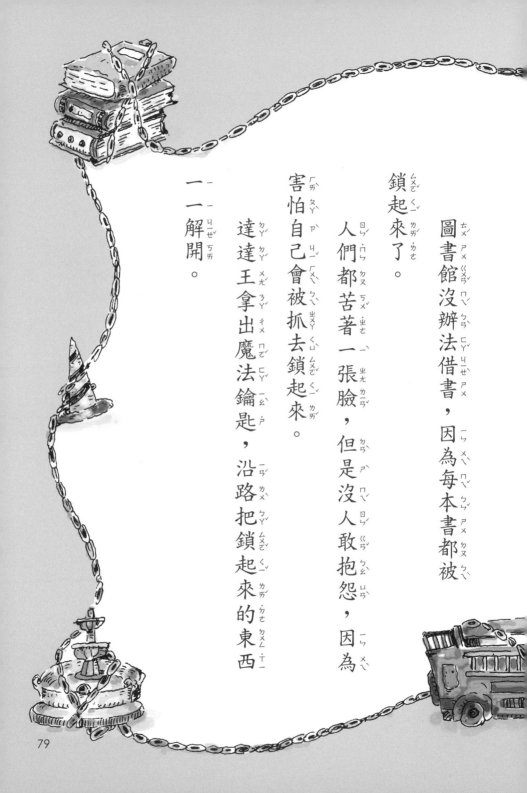

他打開花園大門，打開學校大門，打開遊樂場大門，解開被鎖起來的雲霄飛車……最後，他把找到的寶藏全都分給大家，也打開了大家的笑容。

然後他沿路走到皇宮，按下電鈴，等了五分鐘。

沒有回音。

他拿出鑰匙打開皇宮大門，打開城堡大門，打開宮中一道又一道的鐵門……

沒有衛兵阻止他，因為所有的武器都被鎖起來了。

最後，達達打開國王的房間大門。

卡卡王滿臉鬍子，無精打采的坐在書桌前。

「你終於來救我了。」卡卡說。

「你的鬍子太長了吧？」達達說。

「沒辦法，刮鬍刀被鎖起來了。」

「是誰把你關在這裡？這一切到底是誰造成的？」

「我自己。」

「為什麼？」

「因為有一天，飛來一隻鸚鵡，一直唱著這首歌。」卡卡王指著他的書桌。

果然，有一隻機器鸚鵡站在書桌上，一直低聲唱著：

鎖起來，鎖起來，把每樣東西都鎖起來，
鎖起來，鎖起來，這樣才不會被弄髒、弄壞，
鎖起來，鎖起來，這樣才不會進了別人的口袋……

「鎖起來，鎖起來，每樣東西都要好好的鎖起來……」卡卡王也跟著唱，原來他被催眠了。

達達試了所有的魔法鑰匙，都關不掉機器鸚鵡。最後他想起那支最小的小鑰匙。

喀！小鑰匙插進鸚鵡背後的鑰匙孔，一轉，機器鸚鵡終於不唱了。

「好神奇的一串鑰匙！」卡卡王眼睛發亮。「可以送給我嗎？我要把它們好好鎖在櫃子裡。」

達達把整串鑰匙丟進垃圾桶。

「你不要了嗎？」卡卡歪著頭問。

「如果我什麼都不鎖，要鑰匙做什麼？
那串鑰匙重死了。」
達達笑著說：
「請我喝杯咖啡吧，
我知道街角
有一家咖啡廳，
從來不鎖門，
24小時全天開放。」

小東西

圖 李小逸

深山裡，半夜下了一場雪。

早上太陽出來，雪地亮晶晶。

小狐狸醒過來，看到山洞口閃亮亮的陽光，就知道有好事情要發生了。

果然，他在雪地上做早操的時候……

「啊，這是什麼？」小狐狸倒立著，看著雪地。

雪地上有個圓圓的、薄薄的、亮亮的小東西。
小狐狸一個咕嚕翻身下來，
把鼻子湊近去嗅嗅看。
沒味道，不能吃。
可是亮晶晶的，很漂亮。
就先把它撿起來吧，小狐狸想，
然後把它握在手裡。

過了不久，媽媽回來了。媽媽眼睛裡面也亮晶晶的。

「今天早上我們有東西吃了！」

媽媽懷裡捧著一顆雞蛋、一塊吃剩的麵包，還有一個蘋果核。

「怎麼這麼好！」小狐狸興奮的說。

「一定是昨天有人在森林邊野餐，忘了帶走。」媽媽笑著說：「我們運氣真好。」

冬天找食物很不容易，小狐狸還是第一次看見媽媽帶回來這麼多食物。

「來，雞蛋給你。」媽媽說。

小狐狸伸出右手接過雞蛋。

「來，麵包也給你。」媽媽又把麵包遞過來。

但是小狐狸的左手握著拳頭，不能打開。

「拿去啊，」媽媽歪著頭說：「你手裡握著什麼？」

小狐狸猶豫了一下。「沒有啊。」

他從來沒有玩具，想把剛剛撿到的小東西藏起來自己玩。

「我想要媽媽餵我嘛，」小狐狸撒嬌說：「像小時候那樣。」

媽媽皺了皺眉頭，笑了。「來。」她叼著麵包，放進小狐狸嘴裡，然後舔舔舌頭，嚐嚐味道。

咕嚕。

「什麼聲音啊？」小狐狸問。

媽媽摸摸肚子，好餓。

「是媽媽肚子的聲音，媽媽剛剛已經

先吃過了，吃得好飽。」狐狸媽媽把剩下的蘋果核放在小狐狸腳邊。「吃完雞蛋，吃點水果。媽媽再去找找看還有沒有什麼吃的。」

狐狸媽媽飛快的跑出洞口，消失在樹叢裡，雪地上留下漂亮的腳印。

「真希望我長大後也能像媽媽一樣，跑起來那麼漂亮。」小狐狸想。

他打開手掌，看著那個圓圓、扁扁、亮亮的東西。

「這到底是什麼啊？」小狐狸歪著頭，仔細瞧。

啊，有了！他想起有一次媽媽帶他到村子旁邊探險，他們躲在樹叢裡，看到村子裡有人從口袋裡拿出一個圓圓、扁扁、亮亮的小東西，到商店換了一大堆東西。

「是金幣！是可以換食物的金幣！」小狐狸高興的跳起來。

有了這個，就不怕挨餓了。

小狐狸興奮的在雪地上翻跟斗，正高興的時候……

喀！什麼聲音？

小狐狸豎起耳朵，仔細聽著。

風裡傳來細細的哀號聲。是媽媽！

小狐狸飛奔過雪地，進入樹林，跑著跑著，

他被眼前的景象嚇傻了。

媽媽躺在雪地上，身邊白白的雪，都染紅了。

媽媽的腳被補獸器夾住了。

「快跑……」媽媽說：「獵人就快來了。」

「為什麼會這樣？」小狐狸著急的繞著媽媽團團轉。「為什麼獵人要抓你？」

「因為媽媽的毛皮可以換錢啊。」媽媽忍著痛說。

「錢？我有，你看。這是金幣！」小狐狸把他撿到的小東西拿給媽媽看。「我拿去給獵人，叫他不要抓你！」

媽媽看著小狐狸手裡的小東西，搖搖頭。

「傻孩子，那不是金幣。」

「那這是什麼？」小狐狸看著手裡的小東西，沒有注意到媽媽背後那個巨大的身影。

獵人從大樹後面走出來，一把拎起小狐狸。

「那是你媽媽嗎？」獵人看看小狐狸，又看看捕獸器上的狐狸媽媽。「你是來救你媽媽的嗎？」

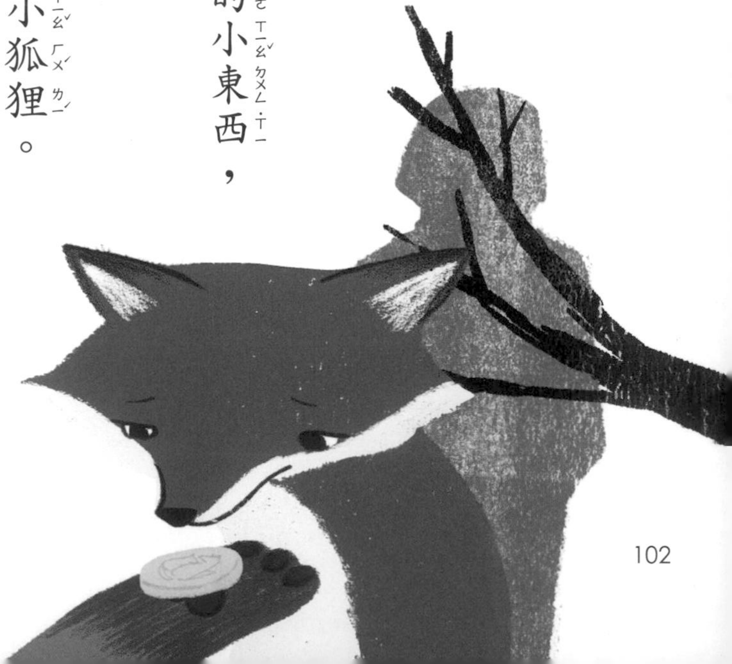

小狐狸完全嚇呆了。

獵人搖搖頭。

「對不起，我不能放了你媽媽，我也有自己的孩子要養。我需要錢。你很快就會忘記你媽媽了，最後會連她長什麼樣子也不記得，就跟我一樣。」

獵人把小狐狸扔到一旁。

啪。小狐狸手裡的小東西掉到地上。

「這是什麼？」

獵人彎下腰，把它撿起來，然後眼睛張得好大。

「你在哪裡撿到的？」他看著小狐狸：「這個東西，我找了好久……」

他跪在地上，用顫抖的手，把那個圓圓扁扁的小鐵盒打開來。

裡面是一張小相片。

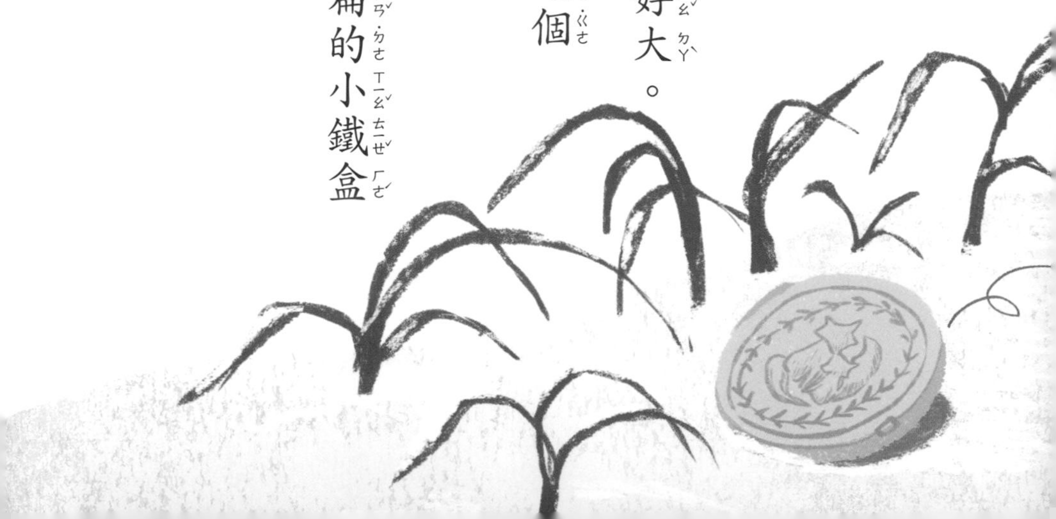

相片裡，有一個媽媽和一個小男孩，站在雪地上的一棟小木屋旁。

「現在我記得媽媽的樣子了。」獵人說。

小狐狸歪著頭，看著獵人臉上滑下幾顆亮晶晶的小東西。

很多天以後……

小狐狸早上醒來，看到洞口亮晶晶的陽光，就知道又有好事情要發生了。

果然，他探頭到洞口外面一看……

「媽，雪開始融化了！春天來了！」

小狐狸把媽媽搖醒。

媽媽用爪子遮住眼睛，擋住刺眼的陽光。「乖，讓媽媽再睡一會兒。」

「好，我先去帶食物回來。」小狐狸說。

「辛苦了，媽媽的傷再過幾天就會好了。」媽媽一轉身，又睡著了。

小狐狸跑出山洞，一蹦一跳的跑過雪地，忽然看到雪地上有一個亮晶晶的小東西。

他把那個小東西叼起來，跑進樹林，跑呀跑，再從樹林另一頭跑出來，跑到一棟小木屋前。

獵人從小木屋裡走出來，提著一個小布袋，袋子裡有兩顆雞蛋、兩塊麵包。

他把布袋掛在小狐狸脖子上。「媽媽今天有沒有好一點？」

小狐狸把他撿到的小東西放在獵人腳邊。

「我不是跟你說過，不要再撿東西來給我了嗎？不是每個東西都會讓我感動到流淚的！」獵人手插腰說：「我的屋子都快被你撿來的瓶蓋、鐵片啊什麼的塞滿了！」

一個小女孩從窗戶探出頭來。「今天是什麼？」

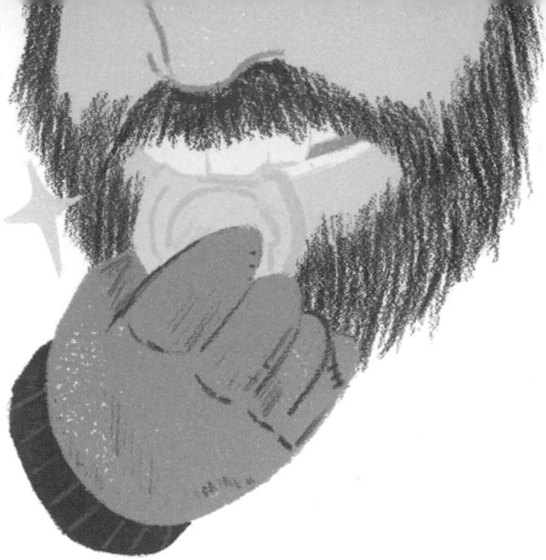

獵人把小狐狸今天撿來的小東西撿起來。

那是個圓圓、薄薄、金光閃閃的小東西。

獵人用牙齒咬咬看，然後回頭對小女孩說：「以後，我們不用再打獵維生了。」

小狐狸不知道獵人在說些什麼，也不知道自己撿到了什麼，只知道要趕快回去，和媽媽一起吃早餐。

他一蹦一跳的跑進樹林，在雪地上留下美麗的腳印。

作者的話

聽微小的聲音，說它們的故事

文／哲也

每一個小東西背後都有自己的故事。就像電影裡面，每一個小角色都有自己的故事一樣。

電影裡面，那些跟主角擦肩而過的人、那些跟劇情沒有關係的人、站在路邊等公車的人，和主角搭同一部電梯的人，一出場就死掉的人，蹲在路邊的乞丐，從遠方的操場跑過的小孩，還有很多連臉孔都看不清楚的臨時演員，他們都只出現幾秒鐘。

他們跟主角比起來，一點都不重要，但是仔細想一想，他們每一個人也都有自己的故事啊。

在他們自己的故事裡，他們都是主角。

在我們的生活裡，也有很多跟我們擦肩而過的小配角。浴室裡的小牙刷、牆壁上的小掛勾、掉在牆角的小瓶蓋、挖果醬的小湯匙、鉛筆盒裡的小擦子、抽屜深處的小蠟筆、電視遙控器上面的小按鈕、被遺忘在沙堆裡的小彈珠、在聖誕樹上等待驚喜的小襪子、在陽光裡融化的小冰棒、小貓脖子上的小鈴鐺、從橋下靜靜飄過的小葉子、媽媽頭髮上的小髮夾、妹妹哭紅的小鼻子……

我們的生活是由小東西組成的，很多很多的小東西，它們平常都很沉默、很低調，靜靜的坐好，但如果我們停下腳步，仔細看看它們，也許就會聽到它們對你說：

嗨，我要跟你說一個小東西的故事。

企劃緣起

讓孩子輕巧跨越閱讀障礙

◎親子天下執行長　何琦瑜

在臺灣，推動兒童閱讀的歷程中，一直少了一塊介於「圖畫書」與「文字書」之間的「橋梁書」，讓孩子能輕巧的跨越閱讀文字的障礙，循序漸進的「學會閱讀」。這使得臺灣兒童的閱讀，呈現兩極化的現象：低年級閱讀圖畫書之後，中年級就形成斷層，沒有好好銜接的後果是，閱讀能力好的孩子，早早跨越了障礙，進入「富者愈富」的良性循環；相對的，閱讀能力銜接不上的孩子，便開始放棄閱讀，轉而沉迷電腦、電視、漫畫，形成「貧者愈貧」的惡性循環。

國小低年級階段，當孩子開始練習「自己讀」時，特別需要考量讀物的文字數量、字彙難度，同時需要大量插圖輔助，幫助孩子理解上下文意。如果以圖文比例的改變來解釋，孩子在啟蒙閱讀的階段，讀物的選擇要從「圖圖文」，到「圖文文」，再到「文文

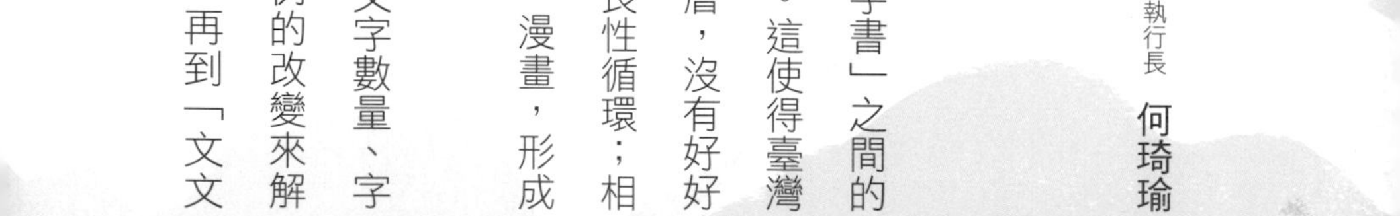

文」。在閱讀風氣成熟的先進國家，這段特別經過設計，幫助孩子進階閱讀、跨越障礙的「橋梁書」，一直是不可或缺的兒童讀物類型。

橋梁書的主題，多半從貼近孩子生活的幽默故事、學校或家庭生活故事出發，再陸續拓展到孩子現實世界之外的想像、奇幻、冒險故事。因為讓孩子願意「自己拿起書」來讀，是閱讀學習成功的第一步。這些看在大人眼裡也許沒有什麼「意義」可言，卻能有效引領孩子進入文字構築的想像世界。

親子天下在二〇〇七年正式推出橋梁書【閱讀123】系列，專為剛跨入文字閱讀的小讀者設計，邀請兒文界優秀作繪者共同創作。用字遣詞以該年段應熟悉的兩千個單字為主，加以趣味的情節，豐富可愛的插圖，讓孩子有意願開始「獨立閱讀」。從五千字一本的短篇故事開始，孩子很快能感受到自己「讀完一本書」的成就感。本系列結合童書的文學性和進階閱讀的功能性，培養孩子的閱讀興趣、打好學習的基礎。讓父母和老師得以更有系統的引領孩子進入文字桃花源，快樂學閱讀！

推薦文

橋梁書，讓孩子成為獨立閱讀者

◎國家教育研究院院長　柯華葳

獨立閱讀是閱讀發展上一個重要的指標。幼兒的起始閱讀需靠成人幫助，更靠圖畫支撐理解。許多幼兒有興趣讀圖畫書，但一翻開文字書，就覺得這不是他的書，將書放在一邊。為幫助幼童不因字多而減少閱讀興趣，傷害發展中的閱讀能力，親子天下邀請本地優秀兒童文學作家，為中低年級兒童撰寫文字較多、圖畫較少、篇章較長的故事。這些書被稱為「橋梁書」。顧名思義，橋梁書就是用以引導兒童進入另一階段的書。其實，一本書容不容易被閱讀，有許多條件要配合。其一是書中用字遣詞是否艱深，其次是語句是否複雜。最關鍵的是，書中所傳遞的概念是否為讀者所熟悉。有些繪本即使有圖，其中傳遞抽象的概念，不但幼兒，連成人都可能要花一些時間才能理解。但是寫太熟悉的概念，讀者可能覺得無趣。因此如何在熟悉和不太熟悉的概念間，挑選適當的詞彙，配合句型和文體，加上作者對故事的鋪陳，是一件很具挑戰的工作。

這一系列橋梁書不說深奧的概念，而以接近兒童的經驗，採趣味甚至幽默的童話形式，幫助中低年級兒童由喜歡閱讀，慢慢適應字多、篇章長的書本。當然這一系列書中也有知識性的故事，如《我家有個烏龜園》，作者童嘉以其養烏龜經驗，透過故事，清楚描述烏龜的生活和社會行為。也有相當有寓意的故事，如《真假小珍珠》，透過「訂做像自己的機器人」這樣的寓言，幫助孩子思考要做個怎樣的人。

【閱讀123】是一個有目標的嘗試，未來規劃中還有歷史故事、科普故事等等，且讓我們拭目以待。期許有了橋梁書，每一位兒童都能成為獨力閱讀者，透過閱讀學習新知識。

良、林文寶、林文韵、柯華葳、張子樟、陳木城 聯合推薦（依姓名筆劃排序）

系列特色

★符合中低年級的認字階段，使用文字參考該年段的認讀單字。
★從五千字一本的短篇，延伸至上萬字的讀本，讓孩子循序漸進體會「讀完一本書」的成就感。
★故事類型從貼近兒童的生活幽默故事與童話，到寓言、推理與奇幻故事等多元題材。
★邀請國內優秀的作繪者共同創作，結合童書的文學性和進階閱讀的功能性，輔以現代感與創意的面貌，提升小讀者閱讀的慾望。

家長、老師齊聲說讚

【閱讀 123】系列書 zozo、yoyo 每一本都好喜歡！我很喜歡左右姊妹看一些幽默的童書，像是林世仁老師的《換換書》這類顛顛倒倒、跳脫既定模式的書，總覺得遇上什麼大困難，幽默一點就能坦然度過。推薦給小一～小三的小朋友。
—— Selena（「一開始就不孤單」格主）

如果形容達達看《屁屁超人》時的笑聲是「嘻嘻」的話，那麼他看《小火龍棒球隊》的笑聲就是「哈哈 .... 哈！哈！哈！」
——杰士特索瑞（「戀風草書房（獨生子女安親班）」格主）

為了讓孩子愛上閱讀，我「半強迫」全班輪流閱讀【閱讀 123】，每週一本，並上台分享。當聽到同學說一本書怎樣好笑好玩，每個孩子都會好想看！學生們 high 作家和插畫家的程度，不亞於追星族哩！ ——楊佳惠（嘉義文雅國小教師）

林哲璋——超能力啟動爆笑神經

屁屁超人與屁浮列車尖叫號

★最新推薦
★年度暢銷作品

屁屁超人與充屁式救生艇

★誠品書店年度 TOP 暢銷書

屁屁超人與直升機神犬

★誠品書店年度 TOP 暢銷書
★小學生優良課外讀物推介

屁屁超人與飛天馬桶

★誠品書店年度 TOP 暢銷書
★義大利波隆納童書展台灣館優良圖書推薦

屁屁超人

★教育部小一新生推薦書
★新北市滿天星閱讀計畫推薦書
★誠品書店暢銷排行榜
★中國時報開卷專文推薦

林世仁——進入無限的想像世界

企鵝熱氣球

★教育部小一新生推薦書
★好書大家讀入選
★中小學生優良課外讀物推介
★誠品書店暢銷排行榜

換換書

★教育部小一新生推薦書
★好書大家讀入選
★新北市滿天星閱讀計畫推薦書
★義大利波隆納童書展台灣館優良圖書推薦

怪博士與妙博士

★好書大家讀年度最佳讀物獎
★誠品書店年度 TOP 暢銷書

精靈迷宮——林世仁的押韻童話

★好書大家讀入選
★中小學生優良課外讀物推介

岑澎維——【找不到】的閱讀樂趣

找不到校長

★誠品、金石堂書店暢銷排行榜

找不到國小

★好書大家讀年度最佳讀物獎
★中小學生優良課外讀物推介
★新北市滿天星閱讀計畫推薦書

找不到山上

★中小學生優良課外讀物推介
★台南市圖書館優質兒童文學選書
★德國法蘭克福書展台灣館推薦作品

嬉遊民間故事集——現代新視角，再現經典傳奇

奇幻蛇郎與紅花
★台南市圖書館優質兒童文學選書
★誠品書店暢銷排行榜

機智白賊闖通關
★好書大家讀入選
★博客來網路書店暢銷排行榜

一個傻蛋賣香屁
★台南市圖書館優質兒童文學選書
★誠品、金石堂、博客來書店暢銷排行榜

黑洞裡的神祕烏金
★博客來網路書店暢銷排行榜

科普知識系列——融合故事與知識，滿足孩子對世界的好奇

象什麼？
★好書大家讀入選
★中小學生優良課外讀物推介
★金鼎獎兒童及少年圖書類最佳插畫獎
★聯合報讀書人年度童書推薦
★中國時報開卷專文推薦

蟲小練武功
★新書推薦

蟲來沒看過
★好書大家讀年度最佳讀物獎
★中小學生優良課外讀物推介
★誠品書店暢銷排行榜
★義大利波隆納童書展台灣館優良圖書推薦

綠野蛛蹤
★好書大家讀年度最佳讀物獎

天下第一龍
★榮登誠品書店暢銷排行榜
★中國時報開卷專文推薦
★義大利波隆納童書展台灣館優良圖書推薦

進階讀本，挑戰更長篇幅

床母娘的寶貝
★好書大家讀入選
★中小學生優良課外讀物推介

非客尋的祕密
★新北市滿天星閱讀計畫推薦書
★義大利波隆納童書展台灣館推薦作品

歡迎光臨餓蘑島
★誠品書店暢銷排行榜
★誠品 TOP100 暢銷書
★中小學生優良課外讀物推介

坐車來的圖書館
★好書大家讀年度最佳讀物獎

哈拉公爵的神祕邀約
★好書大家讀年度最佳讀物獎
★中小學生優良課外讀物推介

歡迎光臨海愛牛
★博客來親子共享排行榜
★中小學生優良課外讀物推介

童嘉——童年野趣的美好生活

我家有個烏龜園

★好書大家讀年度最佳讀物獎
★中小學生優良課外讀物推介
★榮登誠品書店暢銷排行榜
★新北市滿天星閱讀計畫推薦書
★北市圖最受小學生歡迎十大好書
★中國時報開卷專文推薦

我家有個遊樂園

★好書大家讀入選
★中小學生優良課外讀物推介
★誠品書店年度 TOP 暢銷書

我家有個花果菜園

★教育部小一新生推薦書
★好書大家讀年度最佳讀物獎
★中小學生優良課外讀物推介
★義大利波隆納童書展台灣館優良圖書推薦

謝武彰——用奇幻故事，敲開古典文學大門

中山狼傳

★好書大家讀入選

出雲石

★新書推薦

天下第一蟀

★好書大家讀入選

鯉魚變

★教育部小一新生推薦書
★中小學生優良課外讀物推介

板橋三娘子

★中小學生優良課外讀物推介

葉限

★法蘭克福書展台灣館推薦作品

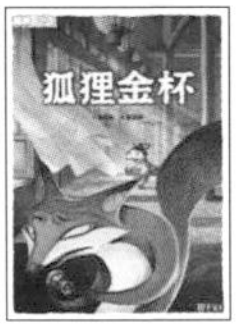

狐狸金杯

★好書大家讀年度最佳讀物獎

南柯一夢

★好書大家讀入選

侯維玲——魔幻故事，滿足孩子的好奇心

金魚路燈的邀請

★好書大家讀年度最佳讀物獎
★中小學生優良課外讀物推介
★台南市圖書館優質兒童文學選書
★誠品書店年度 TOP 暢銷書
★義大利波隆納童書展台灣館優良圖書推薦

小恐怖

★新北市滿天星閱讀計畫推薦書
★義大利波隆納童書展台灣館優良圖書推薦

危險！請不要按我

★中小學生優良課外讀物推介
★新北市滿天星閱讀計畫推薦書
★榮登誠品書店暢銷排行榜
★中國時報開卷專文推薦

閱讀123